長流叢書第八十七篇

歌集

南十字星

神部京子

現代短歌社

目次

昭和五十四年〜昭和六十三年

平成元年～平成八年

南十字星

雲雀

昭和五十四年

やはらかき草の褥に育つらし雲雀の声に耳寄せてきく

微かなる風にたゆたふ糸柳傍らの犬も顔あげて見る

さらさらと流るる水はひとところ芽吹ける葦に塞がれてゐる

ルイーズ湖を夫と連れだち歩みつつ蒼く暮れ
ゆく山を仰ぎぬ

葉脈に沁みこむ如き夕立に鉢の石楠花震へて
雫す

はるばると海渡り来て父母の眠れる丘に姉と
いま立つ

いくたびか母と通ひし海峡を姉とわたりゆく
母の墓参に

眼を閉ぢて枕の下の波を聞く渚に近き宿の短夜

暮れそめてさざ波の立つ海峡はいま紺青に変はりつつあり

巣立ち

昭和五十五年

別れには大き手もて握手せし船乗りなりし亡《ち》父《ち》の恋しき

名を呼ばれ壇上に向かふ吾娘の背に巣立ちの
今日の喜び溢る

わがめぐり悲喜交々の表情あり子の受験番号
やうやく見出づ

思はずも指折り時差を数へつつ異郷に発たせ
し子を想ひをり

裸婦像の持つ手桶より湧き出づる湯をきらめ
かす朝の光は

湯の宿の名入りの浴衣丈足らず夫は童の如く
脛を見せをり

わが病むを労りくるる老姑の視力の薄き眼に
見つめらる

昭和五十六年

伊良湖岬

仔羊の巻毛のごとき雲とびて軒の高さに朝霧
の立つ

夫の留守を守りて店を取りしきる吾は電話に
声張りてをり

沈む陽の光に包まれわが影は消え失せむとす
伊良湖岬に

あこや貝養ふ筏つらなりて志摩の入江の碧き
海見ゆ

ひさびさの歌会を明日に夜半を覚め二本の鉛
筆削り揃へぬ

ゆるやかな浴衣の襟の胸白く姑は清清と団扇を使ふ

炭坑夫

昭和五十七年

さみどりの煮汁流せば蕗のたうの香り溢るる宵の厨に

一握りの姑の髪ゆゑ一筋も無駄にはすまじていねいに梳く

襟もとに僅かな黒髪残る姑をみなの余香ほのかに保つ

炭坑夫閉山をいかる指太し煙草の灰長く残りゐて落ちず

寒風

昭和五十八年

七人の子を養ひし姑の乳房そのやはらかきを今朝も拭へり

寒風のなか病室に姑訪へばわが手をとりて温めくるる

昏れそめて灯点る頃よ病む姑をおきて帰らむカーテンを引く

一人娘を異国に発たす日の近く春の夕べを背筋の寒し

夜の空に娘を乗せてゆく飛行機に夫と並びていふことのなし

愛用のわが万年筆を旅に立つ娘に与へたり母を忘るな

小鳥かとまがふばかりに枝移る子栗鼠は庭に棲みて久しき

朝靄をつきて馳せ来よ帰り来ぬ犬を捜して河原まで来つ

危機一髪収容されゐる犬のなかにロンを見出し涙もいでず

臙脂色の胸のリボンを結びやり就職試験にゆく娘をはげます

野焼き

昭和五十九年

船と共に生きたる父よ昏るる沖に船《ふな》繋《がか》りせるともしびうるむ

白き煙かすかに残る畑の道野焼きのあとの空の広がり

生きながら仏の如く和らげる姑の顔をタオル
にて拭ふ

永臥しの姑に幼児語をわれ使ふ日毎に幼とな
り給ふなり

原爆の碑に黙禱のひとときのしじまを夏の太
陽は焼く

黄泉路ゆかむ姑の肌着は大安の小春日和の朝
に裁ちたり

口もとに耳を寄せねば聞きとれぬ姑の弱きこゑ眼をつむり聞く

朝烏《あさがらす》啼きしといひて近所より姑の見舞の使ひが来たる

姑逝く　　昭和六十年

吾を抱ふる救急隊員の広き胸に痺れし体をあづけ眼を閉づ

仰臥せるわれを見つむる娘の眼の赤くうるむ
に眼《まなこ》離せず

一口でも食べねば駄目と見舞ひくるる姉の優
しき手に養はる

病院より駆けつくる吾を待つ姑の安らかに眠
る額の冷たき

姑の葬り娘に支へられ会葬の人前に立つ足ふ
みしめて

ややや横を向きてほほ笑む姑の遺影に今朝も一本の線香を立つ

ふた七日み七日過ぎて姑の香の失せゆく部屋にまた来て坐る

嫁ぐ娘

昭和六十一年

ひたすらに夫を見つめて吾娘を乞ふ青年の口許何ときびしき

穂すすきの揺れゐるかたへ道標あり陣馬峠へ
ゆく道を指す

吾の箸より少し短き吾娘の箸嫁ぎたるあとの
こと思ふまじ

寿の品を飾りをりわれのみの娘でゐらるるは
あと幾日か

娘の嫁ぐ日に先がけて丹精の極楽鳥花一つ二
つ咲く

明日嫁ぐ娘は傍らに本を読む今宵の静けさは
胸に沁むなり

胸に置くあまたの言葉は口にせず吾娘は今日
より人の妻となる

昨日嫁ぎゆきし娘を思へるや食卓を離れし夫
は泪を拭ふ

梅雨籠る竹林の奥に窓の灯のともりてかすか
人影動く

腰をおろしひと休みする石畳石それぞれに表情を持つ

雪吊り

足裏に冷気は伝ふ永平寺の一文字廊の外はしぐれて

紅葉の潮見の坂を降《くだ》り来ぬ濃きくれなゐにわが身染めつつ

出航の父と別れし函館の桟橋に今日の如くみぞれ降りゐき

遠ざかる船の上より父の振る白き手袋闇に消えしよ

雪吊りの縄の束ねを手際よく切る職人の鋏するどし

渺渺と風わたりゆく相模川河原のすすき哭きてなびくか

澄み透る朝のしじまを垣根刈る夫に従きつつ
小枝を拾ふ

おのづから枯れて落ちたるひと枝を拾へばあ
はれその枝の軽き

流鏑馬

昭和六十二年

駆け抜くる最後の一騎にわきあがる拍手は神
域の社とよもす

神域の真砂を走る蹄の跡きはやかに残り流鏑馬終はる

配管の図面に見入る吾子の眼のひたに鋭く吾よらしめず

くひちがふ意見譲らぬ夫と子を部屋に残して茶を淹れに立つ

エーゲ海

濃く淡く楓映ろふ蹲に透絵《すかしゑ》のごと緋目高泳ぐ

朝六時電話のベルに吾を起こしいまアテネよと吾娘は明るし

エーゲ海を泳ぎましたと吾娘の字の弾める便り幾たびも読む

青蛙

昭和六十三年

青函連絡船の終航を惜しみ乗船せる人らに交じり海峡わたる

枯草に鼻を埋むる飼犬は芽ぐむ若草に出合ひたるらし

降りて止みやみてはらぐ夏の雨青蛙ひとつ草に動かず

頼家の役を演じたることありき指月殿の前に思ひ切なし

将軍の名すら哀しき頼家の小暗き墓前立ち去り難し

嬰児

平成元年

嬰児の頬に優しくふるる吾娘の仕草はすでに母となりをり

嬰児を迎ふる吾娘の部屋の窓いつぱいに開けて鳥の声聞く

わが指を握りて眠る嬰児よ頼られてゐるわれの満足

わが胸に頬を埋めて眠る子の花蕊のごとき睫毛の長き

夫病む

馳せつくる吾に救ひの眼を向くる夫に乱るる
こころは見せず

生命を繋ぐ機械に囲まるる夫見つめゐて今日
も暮れたり

僅かの水許されて飲む吸呑みにナースは氷片
を泛かしてくれたり

生と死の境さまよふ夫にして吾の覚悟を迫らされをり

絶対安静の十日のすぎて夫をおき吾家の床にくづれて眠る

玉串

夫に代はり玉串捧ぐ神殿にやるしかないと足ふみしめる

吾子の読む誓詞に夫達人《をつと》といひし言葉胸に響きぬ

夫は病院に子らは旅立ち吾ひとりの家内俄に広くさびしき

日すがらを鳥の声するわが家を鵯の森とふ人のありけり

三日のちに夫退院と決まりたり春雪被《かづ》く富士の眩しき

朴の葉

風の道に休息をせる老庭師一本の煙草旨さうに吸ふ

滝のごと流るる汗を気にせずに垣根刈る親子の庭師なごやか

掃くよりは拾ふが早し朴の葉は拾ひあげたるところに落ち来

新しき竹箒わが手にしなやかに応へて枯葉掃き溜めてゆく

ほほづき　平成二年

野路すみれ群生せるを見つけしと眼を輝かせ夫のいひたり

一冊の絵本に顔よせ幼女と夫との会話つきることなし

暑き日の寺の水場にふつくらと置かれてあり
ぬ青きほほづき

中東の情勢険しき報道の日日朝雲を突き戦闘
機消ゆ

稲の穂は少し撓みて花を持ち熱き日射しを逞
しく吸ふ

稲穂の色黄に変はりたり夫と犬の散歩の時間
昨日より長し

姑の七回忌

平成三年

義弟の御魂安かれ靖国の社の奥の拝殿にぬかづく

汝が母の写真を胸に靖国の社の君に逢ひに来にけり

ゆく末は一柱とてふやしてはならぬと深く頭垂れをり

音すれば戦死せる子の帰るかと姑はいくたび
門にたちしと

極寒と酷暑は避けて死にたしと言ひ給ひし姑
のあすは七回忌

逝きしあとの詣でる人を気遣ひし姑の命日は
いつも快晴

ミサイルの飛びてゆきたり着弾の地に幼らの
眠りをらずや

祖母

千夜一夜の嘶親しき中東にやすらぎの日のいつ来るならむ

ずいずいずつころばし胡麻味噌ずい火鉢の縁の祖母と吾の手

楠《くすのき》の若葉の雫肩に受け牧水の墓に合掌をせり

孫の名に関はる杏この春に初めて白き花を開きぬ

函館山背にして眠る父母の奥津城に六月の風のかぐはし

脚本家となりて今活躍の友久久に逢へば乙女の日のまま

（小山内美江子様）

ヨルダンの難民救援の資金集めの講演とずばり友ためらはず

血の通ふ温かき手を握りしめ互《かたみ》に生きの明かりを点す

梅の香　平成四年

スイートピーの花束作る店員の男の子の指先細くしなやか

一尾の鯛の目玉に見すゑられ包丁を持つ吾はひるみぬ

今日ありて明日を恃めぬ思ひありニトロの粒
を口に運びて

幼孫に摘ませたしとて近所より鉢植ゑの苺夫
貰ひ来ぬ

放したる犬を待つ間の夜の庭ほのかに梅の香
の流れくる

夫の植ゑて五十年経し雄松四本松毬つけしま
まに枯れたり

厄除けの祈禱をたのみ山降る信ぜぬ夫と信ずる吾と

夕焼け雲

毬のごとく駆けくる幼を受けとめて夕焼け雲の中にまろびぬ

あかつきの目覚め清けく立つ庭に花梨のはなの淡きくれなゐ

わが犬を家来の如く従へて幼女は畦を胸張りてゆく

小さき手に赤き梅桃《ゆすら》の実を摘みて幼は宝石のごとく見せたり

友の便り

洞爺湖の中の小島に棲む鹿が人待ちがてに桟橋に佇つ

草茂る我が家の庭が安からむ雉子の一羽迷ひ
入り来ぬ

緋縅の鎧着けたる若武者の如き雉子一羽棲め
り三日を

花水川に夕《ゆふ》光《かげ》たちて咲き盛る待宵草は消えな
むとする

プノンペンの土踏み帰り来たるカンボジア難
民の惨を歎けり

カンボジア難民救援に身を挺する友の便りに
気負ひは見えず

特権意識もちて政治を執りゆかば吾はこの国
に住むを拒まむ

秋の日

澄みとほる月の光に身をさらし窓は閉ざさず
眼をつむりをり

産み月の膝に幼をかき抱く母親となる吾娘よたくまし

秋の日を部屋いつぱいに溢れしめやがて生まるる赤児待ちをり

無花果を剝きつつ夜の雨聴きをれば今宵十三夜と夫の呟く

新藁

人のゐる気配のありて振り向けば朴の一葉が
落ちて静もる

朝露に白玉椿の花の咲き眩しき真白さに吾は
恥ぢらふ

疲るるを知らざる幼に老犬は振りまはされて
顎を出し眠る

冬籠る植木のための新藁を抱へて帰る胸あた
たかく

干しあげし銀杏《ぎんなん》の実を割る夫と食べる吾との
ふたりの雨夜

雉子

平成五年

誇らかに姿現す雄の雉子遂にわが掌の餌をつ
いばむ

わが手より餌を啄む雉子の瞳を見たくて朝ご
と空缶鳴らす

労りの気持と知れど頭から過労を叱る夫にさからふ

わが病めば追儺の豆を撒き損ね今年は鬼と共に棲まむか

ロン

葱苗の畠の土はふくらみて息吹温める道に添ひゆく

わが留守に夫は包丁を研ぎてゐき刻む青菜の
切れ味のよし

朝靄に包まれてロンは息絶えぬ呼べど応へぬ
瞳となりて

骨壺のロンは余りに小さくて吾の両手の中に
納まる

朝早く番《つがひ》の雉子は雛二羽を連れて庭草の中を
歩める

雉子の棲むゆゑに庭草刈れざると言訳をする
夫も寂しゑ

障子開け五月の風のすがすがし朴の苞の開き
そめたり

姉の背に負はれ巡りし蛍狩り草のあはひの光
わすれじ

魚屋の店に葭簀の掛けありて午後の街角は夏
となりをり

知床

雪解けの水をあつめし知床の双美の滝は三条に浄し

見の限り馬鈴薯の花咲く丘陵を飽くほど眺め街なほ遠し

原始の森あへぎつつ来て羅臼の山さやかに映す湖《うみ》にいでたり

斑雪《はだれ》残る山襞をぬひ弧をゑがく尾白鷲の羽ちからみちたり

摩周湖の霧たちのぼる水面より神島かすか容《かたち》を見せぬ

料亭のあかり障子を震はせて波立つ海に雷の落ちたり

亡き母の子守歌とも思はれて旅の枕に潮騒を聴く

凄まじき雨に巷の人消えて理髪屋の看板ばかりが回る

生き急ぐ今年の蟬よ一息に羽化して短き命滾らす

庭師

幼の手を遁れたる虫は枯草の根もとに髭を伏せて息づく

早朝の庭に鋏の音たかく働き者の庭師来てをり

冷えしるき裏の小川に銀杏の実を洗ひ夫と噯くりかへす

水仙の芽

平成六年

差益還元の値引き入力やうやくに吾の指先なめらかに動く

所得税還付されたるいくばくに使途をたのしみ思ひめぐらす

音もなき昨夜の雨をのせてゐる水仙の芽の深きさみどり

始発より終点までを乗るバスに旅する心地となりて坐りぬ

亡き父の船室《キャビン》に使ひし晴雨計《バロメーター》半世紀経ちたれど指針狂はず

聖書

眼の手術決まれる夫に持たせむとラジオを選ぶ明るき店に

手擦れせし聖書《バイブル》一冊胸に抱く柩の君の素顔清けし

茶を淹るる八十五歳の叔母の手の確かな捌き黙して見つむ

やすらかに鎮まり在せみづからの筆に彫られし墓石の下に

梅雨のあめ重く含《ふふ》みて咲くあやめ指に触るれば彩移りせり

棗の幹と同じいろをしてとまりゐる蟬はゆつくり日蔭に動く

松の葉の露ふくらみて土に落つ沁みゆく土のなにごともなく

乗客はわれのみとなり山道を登りゆくバス速度をあげぬ

公孫樹

一度見し夕映えの景色にひたりたく尋ね来にけり伊良湖岬に

海に向く窓は閉ざさず旅の夜は刻をわすれて波音をひろふ

銀杏の実をかぎりなく散らしわが家の公孫樹
静まりて立つ

木枯しに朴も欅も思ひ切り葉を振り落とし爽
やかに立つ

山茶花の花弁ほぐれて白く散る花に言葉あり
逢ひたきものを

掃き寄する落葉にも命あるものか掬ふわが手
に温み伝はる

ト音記号

平成七年

初雪のふはり飛ぶ夜をスキーより娘ら賑やかに帰り来にけり

初滑りたのしみし娘ら長野より今宵初雪を連れて帰り来

左利きの幼が書きゐるト音記号覗けるる吾の首を動かす

高熱に喘ぎ目覚むる夜の窓一声鷺の啼きて飛
びたり

癒えそめて日溜りに立てば蟻の群れ穴のまは
りに忙しくゐつ

この春は杏《あんず》に花の数多咲き杏子誕生の記念樹
育つ

今日は絵を描きたるのみと女童は登校初日の
声を聞かせり

手術

病院のベッドに臥せる母親の手を引き帰らう
とせがむ幼は

諦めて小さく手を振り帰りゆく幼に吾娘のひ
とみのうるむ

娘の手術終へて安らぐ帰り道雲よりいづる月
の冴えたり

東京の全人口を人質となせるオウム教の卑劣さを憎む

浮き沈みもありしと聞きぬわが夫は二十四代目の家を保てり

スペイン

扉押しひと足踏み入る広き部屋賭博場カジノに吾はたぢろぐ

この海を越ゆればアフリカ大陸ありマラガの
浜の白砂掬ふ

レストランの片隅に案内図拡げゐる乙女二人
の日本語をきく

横顔の吾娘を想はすカメオひとつトレモリノ
スの店に購ふ

帰国して夫と二人にて時差惚けを互に笑ひ頭
を使はず

青写真

子に孫に継がねばならぬこの地球汚染相次ぐ
に核実験やめず

わが撮りし幼二人の水着姿写真屋は店頭に飾
りてくれぬ

幾つもの現場掛け持ち青写真抱へいでゆく吾
子の背頼もし

結婚記念日

長谷寺の執事務めし亡き叔父を偲びて降《くだ》る石の階《きざはし》

掃き寄せる落葉にこもる思ひあり暮れたる庭に埋れ火赤し

夫とわれ命繫ぎ来し四十年結婚記念日の朝の青空

七草粥

平成八年

朝霜に足を濡らして摘み来たるはこべも混じる七草粥うまし

如月の月はまどかに照りわたり庭の梅の花ほのかに白し

ポケベルと携帯電話持たさるる吾子の日日息苦しからむ

青島

石垣の弾痕の数杳き日のひとつの歴史ここに
刻まる
特攻基地知覧の土に鎮魂のおびただしき献灯
わが眼を奪ふ
弾を抱き南の海に征きましし御魂の無念に涙
とまらず

青島の浜辺近くにて購ひし桜貝置く病む枕辺に

行政に従ひ道路拡張を諾へる夫のどこか寂しげ

屋根瓦に草の生ひたるこの門を移す日近し写真に収む

三人目の児を宿せりとよろこべる吾娘の逞しさ吾になかりし

山もみぢ

山々に殷殷と響きわたりたる梵鐘はいま静寂のなか

宝城坊の堂をめぐれば立像も坐像もまさに動かむばかり

境内を緑に染むる山もみぢ夫は一葉を吾にと千切る

潮騒はわが子守歌船乗りの亡き父をしのぶ旅
の枕に

タラップを踏みて降り立つ香港は熱風の吹き
暑さ極まる

暑き日を重ねかさねて八月の暦一枚待ちかね
て剥ぐ

送り火のあかあかと燃え神妙に手を合はせゐ
る夫の浮き立つ

かなかなのいくつ鳴きゐる夕つ方空の茜の昨日より濃き

小さき指

女児誕生の知らせありけり吾娘の手に委ねられたる娘は三人《みたり》

現世のすべて摑まむ勢ひもて小さき指《おゆび》いっぱいひらく

胸に抱くこの温もりを沓き日の吾娘を抱きし
思ひに繋ぐ

新　春

平成九年

花水木の枝を巧みに編みこみて巣作りをせし
鳥をまだ見ず

盃の底に真珠の玉ほどの祝酒つぎ新春を迎ふ

霞たつ雑木の山の温もりに抱かるるごとく山
径に入る

一年の日記の締めを書き終へぬ積木をひとつ
積みし思ひに

未だ少し頼られてゐると自負しつつ新しき日
日顔あげゆかむ

味噌汁の冷めざる距離に移り来し息子らに頼
る気持ひきしむ

友の声

財政危機政界混濁詐欺収賄良きことのなき国
を吾は見捨てず

中東の思惑ひとつに上がりゆく原油価格に家
業ふりまはさる

わが国の舵とる人ら集まれる国会は昼寝の場
所にはあらず

カンボジアに学校を建てに来てゐます友の声
澄む深夜放送に

児を叱る息子の声は杳き日の夫が息子を叱る
に似をり

料金の今日より値上げのこのバスは桜並木に
速度緩めぬ

名を呼ばれ振りむくわれに笑みかくる姉の姿
の母と重なる

言ひ出さば一途押し通す夫なり従はぬ吾も夫も老いたり

学徒動員

相模川渡船の記録こまごまと書かれし古文書の筆の見事さ

伐り口を晒す古木の傍らに大きくなれよと苗木添へ植う

地引網手繰る掛け声どよめきて網に魚鱗のきらめきをどる

海水の塩の香ほのか取れたての蛍烏賊甘く舌にとけゆく

鎮魂の鐘を聞きつつ黙禱す原爆への憤り胸に抑へて

学徒動員に征きて還らぬ人の植ゑし雄松に寄りて松籟をきく

湯あがりの袂に夜風心地よし音に間のある遠花火見る

椿の花

それぞれの性格をもつ幼らを鵜匠のごとく吾娘は捌きゐる

肺炎とふ医師の見立てに抗へず旅の続きを入院となる

ドアかろく閉ざされ吾は独りとなり言葉使はぬ自由に浸る

夫ひとりの家に明かりは点きたるか笑顔残して帰りゆきしが

底冷えの暗き岩屋は足もとの危なきふたりの手を繋がせる

舫ひ綱はづされ船底のエンジンの音が体を海に泛かせる

峡谷に寄り添ふごとき集落のありて椿の花のあかるし

朴の花

平成十年

坂道を駆けくだるごとき不況下の世相を思ひ真夜中眠れず

表彰状受けたる吾娘の眼の清し謝辞さはやかに述べ終はりたる

したたかに露を含める太き幹朝日の射せば白き息吐く

経済の中枢握りし官僚の罰の軽さは聞くたび疎まし

道明寺さくら餅桜の花よりも香り豊けし舌に確かむ

掌の赤くなるまで握りたるむすびは幼らの腹に納まる

光あつめ咲き出でにける朴の花姑の植ゑしと
清しく仰ぐ

奈　良

開山忌にめぐり逢ひけり御影堂に鑑真和上の
尊体を拝む

思ひつめし煩悩眉間に漂はす阿修羅の像にこ
ころ寄りゆく

さまざまな衆生の願ひ聴き給ふ仏陀の御耳《おんみみ》いと福福し

天平の御代の人らもこの道をゆき交ひしならむ疎かならず

母鹿の腹に鼻先押しあてて仔鹿は乳を探しあてたり

律儀なる棟梁胸張り建前に木遣歌へりつつしみて聴く

鉋屑両手に抱へ男童は大工になると真面目にいふ

岩風呂

峰に沿ひて湧きいづる雲忽ちに吾と山との間《あはひ》を隔つ

山の気を吸ひて露天の湯に浸る吾無し景色無し刻もまた無し

溢れ出る湯が肩叩く心地良さ岩風呂に独り岩と語らふ

蝶とわれ縺れつつ行く滝までの道爽やかな水の匂ひす

媒酌

重重と枝を撓めて実る柿近づけば鳥が先にきてゐる

満天の星空仰ぎわが知るは北斗七星のみのきらめき

時かけてひた見つめゐる星と星の空間にわれ吸はれむとす

尾を曳きて闇を滑りし流星のふたつ見納め誰にもいはず

わが生きの最後を飾る媒酌と夫快く受けて顔上ぐ

看護師に抱かれ寝ねしか由紀の頰に涙の跡の
白く乾けり

祖母われに縋りて離れぬ幼児を胸に抱きしむ
今日は退院

霜の庭に白玉椿凜と咲き冬を怯ゆる吾を励ま
す

泰山木

平成十一年

注連縄の清けく匂ふ本堂に畏み祈る夫を見て佇つ

眉太く声の大きな夫を見上げ子の家の犬逃げ腰となる

小動《こゆるぎ》の地標懐かし独り来て光れる波に思ひをほぐす

森に消え再び飛び来る鳶一羽次第にわれを圧して近づく

遠く航く船のデッキに亡き父の振りしま白き手袋顕ち来

凍みとほる寒さ怺へてバスを待つ山の茶屋に灯の点りたり

暁の静けさを裂き啼きたつる雉子は今年も帰り来たれり

大正の頑固を貫く夫なれどかたへに居れば安らぎに満つ

群れをなす日本蒲公英撮さむと吾は地に伏し草生に寝転ぶ

むせかへる薫りに鳥も寄せつけず泰山木は花を咲きつぐ

函館

柔道帯確と締めたる男童は仁王立ちにて対戦を待つ

足裏に吸盤あるごと堪へてゐる柔道着の童大きく見え来

貰ひ来し籠の鈴虫おづおづと初めてわが家の夜をふるはす

ありありと吾を無視してゆく猫は耳のうしろに吾を見てをり

口髭を生やすも三度目吾子の顔四十の貫禄つ
きてきたれる

頬寄すれば白きはなびら甘く香り浜木綿は亡
き母を想はす

父母の法事営む函館へ兄妹の旅空路晴れたり

路面電車とまれる駅は青柳町啄木のうたわが
口を出づ

夕光の入江に銀の波しづか入り来る船の上人歩きをり

烏賊釣舟波止場に並び夜を待つ夜は如何ばかり電球吊れる

晴

船室に父の使ひし気圧計《バローメーター》雲ひとつなき今朝晴《ファイン》を示す

カレンダー薄くなりきて今世紀を惜しむ思ひのふいに湧き出づ

一蓮托生の覚悟にて舟に乗り暴れ天竜の川下りはじまる

瀞と早瀬巧みに漕ぎわけ菅笠を被る船頭の腰の確かさ

舟縁《ふなべり》に早瀬のしぶき立ち騒ぐ天竜峡に船頭は唄うたひ出づ

幼女の髪思ひつつ伊那谷の鄙びし店に黄楊の
櫛買ふ

古稀　　　　　　　　　　　　平成十二年

雪に伏す水仙の花手折りきて雪より白き瓶に
挿しやる
父母も越えしことなき古稀を迎へ授かりし命
大切にせむ

日溜りに聡くも虫を見つけしや啓蟄の朝尾長
啼きあふ

座禅草

木道を風に吹かれて歩みきて咲きたるばかり
の水芭蕉に逢ふ

瞑想する父かと見ゆる座禅草流れに影をうか
べて咲けり

公園の花に浮かれて歩み疲れ夜の臥床に足裏火照る

草をひくわが傍らに集まれる雛鶏は動く指先つつく

雛鶏の稚き鶏冠《とさか》ほんのりと血の温もりを帯びて親しき

広き田に田植ゑの終はりたる夕べ蛙のこゑの湧きあがりたり

白百合

一粒づつ嬰児の指に触るるごと今年も梅を丁寧に干す

漁火をはるか見おろす函館に眠れる母の明日は命日

孵化したる籠の鈴虫鳴くまでとなりて一匹翅をふるはす

吹き募る風に堪へしか磯《そ》馴《なれ》松《まつ》御所を護るがに
みな片靡く

昭和天皇の御学問所と案内ある部屋に一輪白
百合薫る

生しらす口にとろける甘さあり潮の香のする
店に寛ぐ

免許証の書替へ無事に終へし夫今日は遠出を
せむと誘ひ来

伊豆の海荒れてくるらし鈍色の沖に海鳴りはるか聞こゆる

白菊

牧水の短歌《うた》朗々と吟じ給ひし酒宴の席の師の姿顕つ

白石昂先生逝去

盃《はい》を挙げ私はこれが一番と笑み給ひしが夢のごとしよ

死に給ふことなど露も思はざり訃報の欄に天地揺らぎぬ

池袋の駅の階段に見送りし師のうしろ姿の終となりけり

ギプス

家事万端夫に委ねて眼を瞑る吾は右手にギプス巻かれて

薄暗き待合室に車椅子押しくるる嫁をひたすら頼る

下船して帰り来る父待ちかねし日も遠くして五十回忌迎ふ

代官の年貢取立てにどこか似て新税の法案次次と通過す

餌釣りの如き組閣の大臣《おとど》椅子忽ち変はり世情は変はらず

湘南の海

平成十三年

書初《かきぞ》めの真白き紙に筆おろす童の瞳のひたすら清し

わが過去の日日つもる五年日記表紙暖か書き終はりたり

離れ立つ夫の白髪白梅の花ばなのなかに吹かれてをりぬ

波高き湘南の海豆粒を撒きたるごとくサーファー浮かぶ

風の如く現れきたり屈託なく語りて帰る吾娘さはやかに

二十日余をわが居ぬ家の家事万端隙を見せざる夫に驚く

春の日

菜園に一畝残る葱坊主みな真面目にて背伸びして立つ

風邪の歌の原稿広げ春の日にあたため給ふとは胸に沁みけり

織き髭の動きに鈴虫孵りしか俄に籠のなか生気漲る

瀬戸内の航路きびしと語りたる父はいま亡し海見つつ恋ふ

滔滔と流れ清らな四万十川の冷たき水をわが手に掬ふ

勝浦港

暗闇の外洋を航く船の灯の遠く淋しく吾に瞬く

寄港せる勝浦港のほの明かり波に揺れゐて夜半を静もる

亡き人の写真に逢ひたく新盆を迎ふる家に花抱きゆく

雉鳩が卵を抱きて動かぬと庭師は脚立を降りて来ていふ

巣立ちの日近づきたるか羽搏きて青空仰ぎ翔ぶ勢ひ見す

白石昴追悼号に胸熱しりんだうの花に笑まふ面影

流星

六十年の時を隔てて逢ひし友口籠りつつ名を呼びあひぬ

流星の数多見ゆると聞かされて仰ぐ夜空は雲ばかりなり

得意先に配るカレンダーこの年の感謝をこめて丁寧に巻く

函館に雪降ると聞くわが父母の丘の奥津城寒くはなきか

田舎暮し

平成十四年

正月の髪結ひあげて産みし子は汝《なれ》のみと母は吾にいひけり

鄙に住みて良きことのあり胸に吸ふ甘き空気と花の彩良き

力強く掘り起こしゆく耕耘機うしろに拡がる
土匂ひたつ

夕風をひとつに集め湧きあがる蛙の声の庭よ
り入り来

生かされて得たる果報よこの年の蛙の声を眼
を瞑り聞く

舌先に漬けたる梅の味をみる田舎暮しも身に
添ひて来し

赤紫蘇の葉を揉みあげて紫に染みたるわが掌
良き香を放つ

梅雨空に銀の光を撒きながら白鷺の群れ近づ
きて来る

青葉の風

窓広く開けて青葉の風を呼ぶ登山電車に冷房
はなし

両の腕に抱へきれざる庭の椎その温もりにわが家守らる

棚経に来ませる僧の経を読むうしろに団扇の風を参らす

食欲のなきゆゑ粗末な祝膳に夫八十歳の今宵を祝ぎをり

虚弱児と言はれて育ち七十年の命生き来しこの有難さ

千切れ雲

緩やかに西に流るる千切れ雲田原坂《たばるざか》唱ふこゑ
遥かなり

石田耕三先生逝去

血刀の滴りに似る短歌《うた》を詠む青年のごとき師
にて在しぬ

献花一本胸に抱きて悲しみの列に従きゆく夢
のごとくに

聞き馴れし珠玉のごとき御短歌《みうた》流れ悲しみ極まる斎場に佇つ

病み給ふ身に吾が短歌《うた》の足らざるを教へ給ひし言葉忘れず

冬日

葉の根に散らして植ゑよと図を添へて南蛮《なんばん》煙管《ギセル》の種を賜ひき

幼女も届かむほどに枝垂れたる柿のまろ実は
そのままに置く

刺立ててその赤き種子守るがに朴の実堅き鎧
をまとふ

葱畠僅かに畝の歪みゐる家庭菜園に冬日あた
たか

部屋毎のカレンダー夫夫掛け替へて平成十五
年今日が始まり

夫逝く

平成十五年

差し交はす枝をくぐりて飛び立てるかけすの
声の一瞬凍る

悲しまな悲しむなかれけふよりは常にわが身
に添ふ夫ゆゑに
二月二日夫逝く

旅立ちの飯を盛りつつあすよりの夫亡き日日
を吾は思はず

逝く夫に紫の法衣賜ひたる住職の眼に光るものあり

子や孫の別れの手紙わが短歌《うた》も柩の夫の胸に旅立つ

頬に触れて最後の別れをする夫に強く生きよと励まされゐつ

一片の骨欲しとひた念ひつつ壺に納まる夫を目に灼く

七《な》七《なぬ》日《か》の間を夫はわが家に留まりて庭の梅を愛でゐむ

節分に撒きそびれたる豆かなし二月二日に夫は逝きたり

足もとの危ふき夫ゆゑ黄泉の路照らしませよと灯明点す

春の土

耄りたる草の根摑む春の土ほんわり生きの匂ひを放つ

船あかり遠くに見えて潮騒のなかに独りの吾がゐるのみ

波しぶき身に浴びながら怯まざる岩場の海鵜の強さ羨しむ

蓮の葉のあはひを泳ぐ水すまし水面に映る雲をゆらせり

蓮の葉に溜まれる露は七《なな》彩《いろ》の光放てり五月の風に

水の輪が大きく動き睡蓮の葉叢をわけて亀が首出す

パラソルに肩を寄せあふ吾と娘の影もあかるし浜の梅雨晴れ

この年の蛙の声のさびさびと身に滲みとほる夫なき部屋に

新盆

澄みとほる梅酢あがりてわが嫁と漬けし梅干し味のよからむ

わが夫を法名に称ふる違和感も時の移ろひに馴らされてゆく

姉とわれ共にひとりとなりし身を海辺の茶房に語りて尽きず

悲しみが寂しさに変はるこの頃を吾の体はぎこちなく鳴る

亡き夫が精《しやう》霊《りやう》飛蝗《ばった》に身を変へて帰り来たりぬ新盆の夜に

花にとまり位牌にとまり盆のわが部屋に留まりぬ夫の飛蝗は

送り火を門に焚きたるその日より姿見せざり精霊飛蝗は

手も触れず置きし遺品を取り出だし並べてやがてもとに戻すも

豊橋の大会

空《くう》を飛ぶ如く瞬時に走り抜く奈津は今年もリレーの選手

海もよし山もまたよし豊橋の大会うれしく娘と旅に発つ

膝寄せて娘と語りあふ短歌のこと宿の時計は
夜半をすぎたり

うつつにはあらぬことぞと思ひつつ喪中欠礼
の葉書したたむ

根分けして夫の植ゑたる菊の苗黄に乱れ咲く
夫亡き日日を

吾の撞く鐘のひびきは段段と四方《よも》の山山めぐ
りてゆけり

小犬

平成十六年

庭の梅薫りたちませはるかなる浄土の夫に届かむほどに

ひと年の巡りは速し亡き夫の法要の朝の空は晴れたり

ぽつかりと空きたる胸のひとところ何を埋めむ花に眼を置く

集まれる親族のなかよりこの小犬吾を認めて
膝に寄り来る

甘えられ背を撫でをれば湧きてくる育てむと
するわが底力

国体

卒塔婆の風に吹かるる音のみの静けき墓地に
夫とむきあふ

尽くるなき戦イラクを壊しゆくこころも体も
襤褸《つづれ》となして

わが少女ボウリング競技に優勝し国体出場現
実となる

仏壇の父に杏子の優勝を知らせてと吾娘の声
の弾めり

蟬時雨

夕暮れに花しろじろと二つ咲くこの夏椿は夫の植ゑしよ

かつて夫の植ゑし小楢は大いなる緑陰となり蟬時雨降る

炎天に涸ぶ庭石に水打てば呑みこむごとく苔の吸ひゆく

細き針

わが肩に重き原稿書きあげて心静かに余情かみしむ

わが血管細きを言ひて看護師は労るやうに細き針刺す

決断を実行に移す気力あり己が力をふりしぼり立つ

どんぐり

どんぐりは多に落ちゐつ夫の植ゑし小楢林の
静けさに立つ

嵐めく風に押されて登りゆく墓参の道は母恋
ふる道

幾百の花芽を秘むる梅の木に秋のをはりの雨
しろく降る

太幹に蘇生治療の痕見えて巨木柏《びゃく》槇《しん》みどり鮮やか

肌に染む夕風水面吹き抜けて真白き鯉のすがた現る

頑丈な支柱添へらるる虚《うろ》暗ししだれ梅の枝に真珠のつぼみ

八聖殿

平成十七年

杳き日の記憶のままに尋ね来て八聖殿に辿りつきたり

母の手の温もり背に感じつつ八聖殿の参道降る

千年の齢を重ねし大公孫樹の枝に今年のいのちふくらむ

凍りつく指先息に温めて墓石を洗ふ夫三回忌

桜《はな》咲けば花を見にゆく旅もしき庭の夜桜咲き満ちてひとり

金メダル

掌にとれば松毬の実の温かし植ゑゆきし君のいまに生きゐて

連翹の根方に潜む雌を呼ぶ雉子かやさしき二《ふた》声を聴く

ここ一番贔屓力士の小手投げにわが半身も斜に傾ぐなり

ボウリング・アジアインタースクールに出場をせし杏子優勝

ジャカルタに遠征をせしわが少女金メダル二個さげて帰り来

金メダルわが掌に載せくれし少女の両手を握りしめたり

若武者

亡き夫の夢に顕ちきて諍へり諍ひさへも醒めてうれしき

谷ひとつ隔てて仰ぐ万緑の山は五月の風に涌きたつ

八つ手の葉ゆらり揺らして立ちいでし雉子の
姿の若武者に似る

鈴虫の重なりあひて孵りをり去年の日誌も今
日かへりしと

竹箒持つ気力なく枯落葉散り積む庭を見つつ
籠りぬ

赤あきつ

原爆を使用せしこと支持すとふ外つ国人の声は許せず

幾日を卵抱きて動かざる雉鳩の眼の強さに怯む

畦道に声かけられて泥つきの葱ひとかかへ貰ひて帰る

芽生えよりわが手に育てし松二本離れ眺むる庭に逞し

日一日黄金の彩に変はりゆく稲田に低く赤あきつ飛ぶ

虫の音も月の光も調へる庭にし佇ちて洗ひ髪梳く

父の足跡

舞鶴の引揚記念館に残りゐむ父の足跡姉と尋め来ぬ

信濃丸の名こそ懐かしわが父の命預けし船にありせば

一航路に二千余名を運びしと記念館に残る引き揚げの記録

一刻も早き帰国を願ひつつナホトカと舞鶴を往き来せしとぞ

重責を担ひて得たる病なり船長たりし父を哀しむ

藍深き舞鶴の海の穏やかさ日本の平和を切に
祈りぬ

帰還者の歓声上げしとふ舞鶴の山の緑を心し
て仰ぐ

天の橋立

在りし日に父が見よとて言ひくれし天の橋立
に今ぞ来て立つ

天翔《か》ける緑の竜神かとも見えて天の橋立の勢ふ松並み

夫在らば金婚式を迎ふる日今宵写真の君とむきあふ

一献の盃を位牌に供へつつふたりの夜を静かに祝ふ

子や孫の集ひ来たれる柿捥ぎの朝賑はひて空高く澄む

拭きやれば掌のなかの柿忽ちに化粧せるごと朝の日に輝る

口に含む冷たき水に息をつく熱高き夜の臥所に独り

最後まで落《らく》葉《えふ》をせぬ小楢の木植ゑたる夫の頑固さに似る

整頓の苦手な吾に片付けの骨《こつ》は捨つる事娘は容赦なし

淡　雪

平成十八年

すこやかに新しき年迎へたり点滴の痣もやうやく消えて

日の射せばそこより融けゆく淡雪の下より覗く草の芽のあを

豆を撒く儀式はやめぬ夫逝きて鬼と同居す福と同居す

落葉踏む音の微かにきこえをり雉鳩ふたつ見えがくれして

眼を閉ぢて耳傾けるわが裡に渺渺と碧き海の湧きくる

嫁ぎ来て姑の直伝蕗の薹の酢漬はわれの好物となる

浜に寄する潮騒の音わが肌に沁みて暫しを海草となる

海に生き海に命を預けたる父をし偲ぶ海見て
佇てば

発つ子

ボウリングアジア選手権大会に今宵空路に杏
子発ちゆく
爆音の耳に届けばわが少女の搭乗機かと急ぎ
窓開く

日盛りの林のなかはほの暗く絮毛揺るれば人魂に見ゆ

スポーツ誌に載る杏子の記事嬉し眼を拭ひつつ繰返し読む

草叢に赤き頭の見え隠れ雉子とわれとの距離縮まらず

捥ぎし梅水場に洗ふ女童の肩やはらかに乙女づきたり

神輿

威勢よき掛け声と共に据ゑらるる神輿より発つ熱気漲る

祭半纏は滴る如き汗に濡れ男の臭ひたちのぼりたり

肩の瘤勲章のごと見せくれて祭好きなる男胸張る

木の香りほのか漂ふ新築の家見舞に今日は招かれて来つ

満天星

姑の年忌営まむとてわが余力振り絞る時力湧きくる

実の留り今年は悪き柿の木に群れて集まる鳥の憎しよ

焔立つごとくに見ゆる満天星の落葉ひとひら
てのひらに置く

摑まりて歩むを別の吾《あ》が見をりただひたすら
に独りに堪へて

食べ物も書籍も同じテーブルに置きて手軽な
吾のあけくれ

月明をわが友として寝室の窓のカーテン広く
開けおく

喜寿

平成十九年

弱かりしわれを育みくれし父母の齢を越えて
喜寿を迎へぬ

贔屓力士勝ちて機嫌の良き吾を首かたむけて
犬が見てをり

小楢林の落葉乾ける音のして木洩れ日の中雉
鳩歩む

飛行機雲音なく西に延びてゆくイラク総攻撃はじまるといふ

全日本高校ボウリング大会に宣誓をする杏子が映る

竹林の枯葉押し上げさみどりの蕗の薹の芽あまた芽吹ける

三百年わが家を護る椎の木の枝張る下に吾は小さし

団栗の眼をして夫の叱るらむ粗忽なわれはまたも転びて
痛めたる足を支へる杖を買ふ少しお洒落な色を択びて

菖蒲湯

一枚づつ花の詩集を捲るごと野蕗のうす葉を風かへしゆく

将棋盤を挟みて由紀と対峙する駒握る手も胸も弾みて

菖蒲湯に身を浸しつつ離り住む子らのしあはせ願ひてゐたり

すれ違ふ男の腕にかかへられサーフボードは潮の香残す

沖遠くかげろふのなか進みゆく船に幻の父が見ゆるも

ひさびさに見交はす友の暖かさ大会にわれの
胸あつくゐて

母娘《おやこ》にて司会の役を賜りぬ再びはなき思ひ出
として

道端に屯せる少年に喝を入れ吾に余力のある
に驚く

首すぢに幼さ残る少年の煙草持つ手の許し難
しも

核の量

梅捥ぎに集ふ孫らの声あふれ梅雨の晴れ間の空高く澄む

ひたすらに国を思ひし十五の吾終戦の日の涙忘れず

大国に備蓄されゐる核の量《かさ》地球破壊は容易《たはやす》きこと

太々と鳴く蟬のごと声高く核廃絶を叫びてゆかな

ロシア

ボウリング世界大会出場の杏子の記事に飽かず眼のゆく

この秋は世界大会開催のロシアへ発つとふ従きてゆきたし

ワールドカップ世界大会会場のロシアは遥か
わが杏子ゆく

世界にて活躍できる選手にと望む乙女の思ひ
叶へり

わが少女活躍したる騎馬戦を語りて日焼けの
腕をたたきぬ

洗濯機のリズムは朝の搏動か励ますごとし力
湧きくる

歳末

翼《はね》を張り澄める秋空旋回す鳶の孤独をわれは
愛しむ

背を押され短歌《うた》の戦場《いくさば》に矛《ほこ》を投げし吾娘の勇
気を遠く見守る

歌詠みと認められしや歌誌に載る吾娘の名前
を眩しく見つむ

花を買ふ人はみな良き顔をせり雨やどりする
花舗の中

ひと年の感謝をこめて歳末に配るカレンダー
懇ろに巻く

春立つ

平成二十年

年明けのこの朝はやくうまれたる吾なり母を
いたく思ふ日

風吹けば忽ち枯葉の海となる庭に佇ちゐて腕を拱《こまぬ》く

夫逝きし日もかくばかり冷えゐしか二月二日をまた迎へたり

辛夷の木仰げば生《うぶ》毛《げ》やはらかに芽吹きそめたり今日春立ちぬ

吾娘とわれ雛の節句に招かれて幼の心地に師の家を訪ふ

緋縅の鎧を着ける若武者か雉子の夫婦《めをと》のゆるゆる通る

黒土を盛りあげ頭覗かする竹の子の目覚め今年は早し

原爆忌

側溝の水踊るがに音たてて早苗青める田に流れ入る

耳いたきまでに啼きたつ野鳥の群れ高枝揺すり庭を占めゐる

杏子の名に因みて植ゑしあんずの木今年も大き実を稔らせぬ

子ら幼く夫若かりし洞爺湖にボート浮かべて遊びたる日よ

安らかに鎮まり給へと原爆忌膝を正して祈るこの朝

隣国にオリンピックの開かれて日本国内密やかに見ゆ

積乱雲

山を被ふ積乱雲は忽ちに稲妻おこし雷の近づく

消えかかり文字の読めざる位牌あり共に並べて盆棚飾る

山の神の吐く息ならむ逆光の丹沢包みて雲のたなびく

広原の茅《かや》を靡かせ昇りくる黄金色なる立待の月

小学校最後の記念の運動会わが少女由紀は応援団長

晴れ姿　　平成二十一年

氷川丸の船内隈なく巡りたり何処かに亡父の
姿なきかと

船をつなぐ錆びたる鎖に群れなして止まる都
鳥みな沖をむく

昼さがり微風《かぜ》孕みつつ高高と昇りゆく凧を畑
に見て佇つ

初孫の杏子の今日の晴れ姿黄泉《よみ》より馳せて夫
帰りませ

杏子二十歳

夫の七回忌

親族《うから》らの集へる夫の七回忌法要の日よ富士高く澄む

故郷の山の景色ぞ帰ります夫に見せたきこの富士が嶺《ね》を

広告の裏に書きある歌詞ひとつ紛れもなきよ夫の筆跡

裏庭の月の光に誘はれて出づればほのか春の
匂ひす

足弱となりて互ひに会ひ難く姉との電話次第
に長し

丹沢の連山耀ふ朝の雪伸ばすわが手に届かむ
ばかり

竹の子

雛の夜に降り来し雪に化粧《けはひ》せし大山の嶺笑み
ゐるごとし

如月はわが厄月かこの年も遂に肺炎の洗礼を
受く

夕刻は必ずそつと現るる愛想なけれど子の眼
優しも

朝の窓あければみどりの風あまし吾の呼吸のおのづと安らぐ

黒土をそつと持ちあげ覗くがに竹の子一号まかり出でたり

髪一筋乱れぬ兄の整髪は義姉《あね》整ふといふ胸にぬくとし

非常停車とアナウンスありわが車輛川の流れの上に止まりぬ

初鳴き

さはさはと風に靡ける草叢に蛇の子ふたつ絡まり育つ

わが庭を棲家となせる鳥ならむ眼《まなこ》瞑りて尾長息絶ゆ

コンサートホールに似せて灯《ひ》を細めわが鈴虫の初鳴きをきく

たたなはる雲の切れ間に見ゆる空涼しき風の
吹きこぼれ来よ

梅捥ぎを懶けし今年は梅を干す仕事もなくて
土用すぎたり

犬好きの大工

風化してならぬ戦禍の惨めさを老い吾らにて
語りつぐべし

亡き母の終焉の地を尋ね来てこの広原の薄に
出合ふ

病院の裏いちめんの穂薄に母を呼びたり涙あ
ふれて

蝙蝠の飛び交ふ森の彼方より橙色の満月昇る

犬の足滑らぬやうな床材を選びてくれぬ犬好
きの大工は

故郷の古井戸

二年《ふたとせ》を隔てて逢へる友の掌の温もり染み入る大会の夜は

たはむれに声をかくれば戻り来るこだま楽しき故郷《さと》の古井戸

香をたき夫にぞ告げむわが短歌昇欄をせしこの喜びを

空高く公孫樹一樹は黄に染みて人を寄らせぬ威厳を保つ

旅の夜の漁り火をいま映像に追ひつつ遠く夫を思へり

父の言葉

平成二十二年

南十字星いちどは見せてやりたしと父の言葉の思ひ出づる夜

一望のもとに聳ゆる丹沢の連山白し神のごとしも

夫の忌日誰ぞの参りくれたるか真白き百合の清しく匂ふ

夫と逢ふ墓処の日溜り香を焚き語らふ日日も八年となる

姉八千代逝く

二日前に笑みて別れし義姉なりき肩の感触今に残るを

幽明を隔つといふはかかることか義姉は柩に
白く微笑む

義姉の手に生ひし銀杏数多なりて柩に納む白
きその実を

善　女

実朝公の討たれし様も見たるらむ大公孫樹千
年のいのち弊《つひ》えぬ

倒れたる公孫樹の根もとにふつふつと数多の若芽勢ひて萌ゆ

羅漢像拝しつつ思ふ爾郎先生の自らの肋《あばら》詠まれし短歌《うた》を

薬師如来開帳の日を来あはせて善女のひとりとなりて詣りぬ

病みがてにゐるこの頃はわが背に孤独の影の折に過るか

幾つかの約束ごとを思ひ出づ病み臥す夜半を
ひとり覚めゐて

遺　品

胸も腰もはちきれむばかりの乙女らの行き交
ふ校庭熱気漲る

雲切れて庭に出づれば心地良く通りくるなり
風の道なり

遠き日に父に送りしわが短歌《うた》を父の遺品のなかに見つけぬ

この頃の吾は口のみ達者にて梅漬けは子らに受け継がれゆく

更くる夜の庭の静けさ耳底に音なき音をひとり寂しむ

わが地球ばかりが核を持つ星か宇宙に数多の星のあれども

日輪

草揺らし顕れいづる青蛙小さき体を脹らましをり

水を飲め日中に出るな早寝せよ朝ゆふべに子は言ひてゆく

日輪はいま山の端に沈みたり黄金の粉を撒き散らしつつ

光る海水脈ひきてゆく大型船海ほたるは湾の
ただなかにあり

神保町

懐かしき匂ひのこもる古本屋神保町こそわが
古巣なる

朝ごとに本郷通りを濶歩せし通勤の道楽しか
りにき

質問も当を得てをり大会にて歌道に踏みこむ
力を学ぶ

確実に求むるものを摑まむと若き友らは気力
で迫る

錦の山従へて立つ冠雪の富士仰ぎ見る三国峠
に

あと五年は生きて埋めむ日記帳心構へて五年
を選ぶ

夫の声

平成二十三年

乾きたる音が足裏に柔らかし落葉は語る冬の言葉を

団体に優勝したるわが乙女テレビに映る笑顔が光る

裏の猫わが物置に住みつきて今日は仔猫を連れて歩める

肋骨に罅の入りしを指摘され吾の粗忽も極まりにけり

夫逝きし刻《とき》にありしよこの二日朝あけの窓に夫の呼ぶ声

灯火のかたちにつぼみ脹らみて白木蓮は空を恋ひをり

東日本大震災

原発を造るといへる彼の頃を止《とど》めむと吾は主張せし日あり

絶対に安全はなしと固執せし吾に思ひありき拳を握る

被災せし媼の穏やかな物言ひに日本の女《をみな》の誇りを見たり

深みゆく緑の枝のさゆらぎて忍び逢ふ鳥の見えがくれゐる

計画停電の三時間余を闇にゐて空襲の夜を遠く思へり

電灯に黒布覆ひ過ごす夜を堪へし日のあり勝つ日夢見て

すこしづつ原発の惨報じられ底の知れざる恐れ湧きくる

風の道

田も森も淡きくれなゐに包まれて昏れゆくまでの華やぎを見す

側溝の流れ俄に高まりて田植始まる賑はひを見す

窓近き木の枝おろし風の道つくりて夏の暑さに備ふ

庭畑に茄子と胡瓜の苗を植ゑ稔りたのしむよろこびを知る

守宮

地響きをたてて豪雨の降りしきる慰霊の涙か今日原爆忌

人間の力及ばぬ災害よ山津波起こり波の逆巻く

疾く届け「五目ごはん」と記さるる救援物資のトラック走る

厨の灯に飛び来る虫を咥へたる守宮はガラスに指太く這ふ

沈む日を刻かけて見るこの奢り湘南の海にこころ癒やさる

渋柿の何故か甘しと職人が皮ごと嚙る今年の異変

尾灯

司会せる吾娘に苗字で指名され不覚なれども
言葉失ふ

七階の窓より見おろす東京の午前三時の車の
尾灯

五十年余経てなほ忘れぬ結婚記念日遥かに遠
し誰にも言はず

苦虫を噛みつぶしたる如き顔遠く離れて犬が
見てゐる

成人の日

平成二十四年

安らかなひととせにあれ元朝のわが生まれ日
のこの新《にひ》ひかり

振り袖の揺るる雅さ奈津ちゃんの成人の日を
祝ぎませよ夫

満月も蝕まれゆく刻のあり蝕まれしのちまろく戻るも

大声に豆打ちをせる男の孫の声頼もしく鬼を散らせり

短歌一首薬袋に書きとめて病院通ひのバスを降りたり

踏み出せばさくりと霜の音すがし水仙の花手折らむとして

白木蓮

わが編みし夫のセーター現れぬ膝に広げてまた畳みたり

松の木の菰除きたり啓蟄の冷雨なれどもはるの訪れ

微笑みの美しき闘士当選すスーチー女史の復活ぞ快《よ》き

白木蓮朝のひかりに神さびて今年ばかりの花溢れ咲く

男の子《を》の節句澄みたる空に唸りつつ武者絵の凧のまなこ鋭し

痩せたねと言はれし言葉思ひ出づ鏡に映るわが胸の骨

丹沢

親鳥の眼離さぬ姿よし巣立ちの雛に一瞬身構ふ

離陸すとアナウンスあり忽ちに背中押さるるごと体浮かびぬ

旋回して東京の空昇りゆくスカイツリーを足もとに見て

亡き父の船員手帳寄贈すべく北洋記念館に決意して来ぬ

館長の懇ろなる挨拶に亡き父の業績思へり函館に来て

雨はらむ雲さしあげて丹沢の峰は夕焼け眩しく放つ

あとがき

ひとりきて　ふたりかへるぞありがたや　ほふれんげきやうの
　　おともまうして

このうたは、幼い日の私に母が教えてくれた大祖母の辞世の短歌でした。お風呂に入りながら口移しに教えられ、私の初めて短歌に出逢った一首はこのうたかと今に懐かしく思い出されます。若く嫁いだ母を可愛がってくれた大祖母は九十三歳で眠るようにこの歌を残して旅立ったと聞かされております。

昭和五十四年頃でしょうか。私の姉の勧めで長流に入会いたしました。はじめは葛飾の会でお仲間に入れて頂きまして、池田蝶子先生の御指導のもと、少しずつ短歌の魅力にひきこまれてゆきました。

今は亡き石田耕三先生、そして白石昴先生のお導きにより更に短歌の厳しさ、難しさ、すばらしさを教えて頂き、心豊かな人生を送る事が出来たのではないかと思っております。

詠みつづけて来たものをそろそろ一つにまとめようかと思い始めた時に娘に、とんと背中を押され、歌集に一歩踏み出してしまいました。

選歌を石田照子様にお願い致しましたところ、快く受けて下さり、昭和五十四年から、平成二十四年までのなかから、六百五十七首をおさめる事ができました。ご多忙のなかを二千首あまりの拙い歌にお目を通して頂きましたこと、心より厚く感謝を申し上げております。

この歌集を編集するにあたり、孫が長年の原稿をこつこつと整理し、パソコンに打ちながら、おばあちゃんの人生を共に歩んだと、言ってくれたことが嬉しく心に残っております。

南洋航路の船長をしておりました父が、南半球の夜空を仰ぎ見た折、南十字星の美しさを幼い私にも見せてやりたいと言った言葉が、歳を重ねた今に思い出され、詠んだ短歌の中から歌集名といたしました。

日記がわりに書き続けた歌集ですが、丸印をつけて頂ける歌がありましたら嬉しゅうございます。

尚このたび、編集委員の長岡弘子様には、言葉につくせぬ程のご協力を頂き改めて御礼申し上げます。

短歌の道に、いつもあかりを点しお導き下さいました、内野潤子様、高橋爾郎様、鎌田寿々子様、そして長流諸姉のお励ましを心に感謝をもって御挨拶とさせていただきます。

この度の上梓にあたり、現代短歌社の道具武志様、今泉洋子様にはご高配を賜りました。厚くお礼を申し上げます。

平成二十五年初秋

神部京子

著者略歴

昭和５年１月１日　神奈川県横浜市に生まれる
昭和23年　鶴見高等女学校卒業
昭和30年　結婚　一男一女を得る
昭和54年　長流短歌会入会
日本歌人クラブ会員
現在孫５人

歌集 南十字星　　長流叢書第87篇

平成25年11月16日　発行

著　者　神　部　京　子
〒243-0426 海老名市門沢橋6-7-3
発行人　道　具　武　志
印　刷　㈱キャップス
発行所　**現代短歌社**
〒113-0033 東京都文京区本郷1-35-26
振替口座　00160-5-290969
電　　話　03（5804）7100

定価2500円（本体2381円＋税）
ISBN978-4-906846-98-6 C0092 ¥2381E